Herpers Publishing International

No part of this publication may be reproduced, stored in a retrieval system or transmitted in any form by any means without first seeking the written authority from the publisher. The purchase or possession of this book in any form deems acceptance of these conditions.

A CIP catalogue record for this book is available from the German Library. (http://dnb.d-nb.de)

Bibliografische Information der Deutschen Nationalbibliothek
Die Deutsche Nationalbibliothek verzeichnet diese PubliKathion in der Deutschen Nationalbibliografie; detaillierte bibliografische Daten sind im Internet über http://dnb.d-nb.de abrufbar.

Dieses Werk ist urheberrechtlich geschützt.

Alle Rechte, auch die der Übersetzung, des Nachdruckes und der Vervielfältigung des Buches, oder Teilen daraus, vorbehalten. Kein Teil des Werkes darf ohne schriftliche Genehmigung des Verlages in irgendeiner Form (Fotokopie, Mikrofilm oder ein anderes Verfahren), auch nicht für Zwecke der Unterrichtsgestaltung, reproduziert oder unter Verwendung elektronischer Systeme verarbeitet, vervielfältigt oder verbreitet werden.

Dieses Buch ist auch als eBook und Hörbuch erschienen.

Copyright © 2024 Herpers Publishing International
4. Auflage.
Cover: Patrizio Kroyani / Kroyani.com
Internet: Edelste-Erotik.de

Alle Rechte vorbehalten.

ISBN: 978-3-944348-05-6

Sandrine Jopaire

Orgasmusträume 2

Erotischer Roman

Edition Edelste Erotik

Das Groupie

Moni: Hallo, liebste Susi. Es ist so schön, wieder mit dir hier auf deinem Bett zu liegen und über erotische Träume zu sprechen.

Susi: Oh ja, Moni. Ich habe mich den ganzen Tag darauf gefreut. Du hast dich wieder so sexy angezogen. Du weißt einfach, was ich mag. Dein modisches Blümchenkleid ist total schön. Das ist ein Wickelkleid, oder?

M: Ja, das stimmt. Schön, dass dir es so gut gefällt. Und die hauchdünne hautfarbene Strumpfhose drunter gefällt dir doch auch, oder?

S: Oh ja! Strumpfhosen ziehen wir uns ja immer an, wenn wir uns im Bett treffen. Das ist so wunderschön, wenn wir uns gegenseitig die Beine streicheln. Deine Hände sind immer so zärtlich und das Nylon zwischen meinen Beinen macht mich irgendwie richtig geil.

M: Ja, das ist irgendwie schon ein Muss für mich. Du weißt ja, wie lange ich schon Strumpfhosen mit geilem Sex verbinde.

S: Ja, das weiß ich. Seit dem dein Klavierlehrer dir zum ersten Mal halterlose Strümpfe geschenkt hat. Stimmt's?

M: Hm, ja. Das hat mein Leben sehr geprägt. Mein Sexualleben. (lacht)

S: Ich habe mir heute eine durchsichtige weiße Bluse angezogen und einen kurzen schwarzen Rock. Dazu eine offene schwarze Strumpfhose. Das gefällt dir doch auch, oder?

M: Susi, du siehst einfach nur Hammer aus. Zeig mal, wie groß ist denn das

Loch zwischen den Beinen?

S: Du meinst jetzt das Loch in der Strumpfhose, oder? (Lacht) Du weißt doch wie eng ich sonst so zwischen den Beinen gebaut bin.

M: Na klar, ich meine die Strumpfhose. Ich weiß, dass du eine sehr, sehr enge Muschi hast. Sehr geil. Hm, das sieht so toll aus. Du bist wieder vollständig rasiert da unten. Genauso, wie ich.

S: Ja, Haare sind doch echt lästig da unten. Vor allem beim Lecken.

M: Das stimmt. Ich habe mich heute extra frisch rasiert. Nur für dich.

S: Ich auch (lacht).

M: Soll ich dir meinen ersten Traum erzählen, bei dem sogar schon mal im Schlaf gekommen bin?

S: Oh, ja, bitte! Ist es etwa Perverses?

M: (lacht) Oh, nein. Dieser Traum ist irgendwie ganz normal. Ich glaube, jedes Mädchen hat so einen Traum. Es geht um Sex als Groupie. Das ist irgendwie nicht verboten, es sei denn, ich wäre minderjährig und der Star würde mich ficken. Aber in meinem Traum geht es mehr um die bedingungslose Unterwürfigkeit von mir gegenüber diesem Star.

S: Okay. Um wen handelt es sich denn?

M: Das kann ich gar nicht so klar sagen. Das letzte Mal habe ich von einem Sänger geträumt, den ich angehimmelt habe, wegen seiner tollen Stimme und seinem charmanten Lächeln. Er hat keinen bestimmten Namen. Es reicht schon, dass um mich herum hunderte andere Mädchen und Frauen sind, die in einem kleinen Club vor der Bühne ausrasten, während der Mann breitbeinig vor uns posiert und singt. Die Girls unter ihm tragen nur kurze Röcke und tief dekolletierte T-Shirts, durchsichtige Blusen und tief ausgeschnittene Tops.

Jedes Mädchen dort will nur eins: Mit dem Star ins Bett. Und jedes Mädchen, jede Frau, gibt alles, um die Aufmerksamkeit von ihm zu erhaschen.

Ich genauso. Ich trage einen ganz kurzen Rock, darunter nur eine vollständig transparente schwarze Strumpfhose, ohne einen Slip drunter. Ich habe die Knöpfe meiner Bluse so weit aufgeknöpft, dass er meine Brustwarzen von oben sehen kann. Ich trage keinen BH.

Ich bin so feucht zwischen den Beinen, dass meine Strumpfhose tropfnass ist. Ich bin ganz nah vor ihm. Ich recke meine Hände aus, um ihn an der Hose zu berühren. Ich starre auf die Beule in seiner Hose. Man kann deutlich sehen, dass er erregt ist.

S: Oh, das ist wirklich ein geiler Traum. Kein Wunder, wenn so viele Mädchen unter ihm stehen, die sich vor ihm ausziehen und ihn anfassen. Er hat also einen Steifen unter der Hose?

M: Ja. Das können alle Mädchen sehr gut erkennen. Ich versuche immer höher mit den Händen zu kommen, um ihn zu mir hinunter zu ziehen. Wenn er sich vor mich hockt, könnte ich ihm an seinen Schwanz greifen. Und ich wünsche mir nichts mehr als das. Neben mir ziehen sich die Mädchen die Slips schon aus, um sie ihm auf die Bühne zu werfen. Sie träumen davon, dass er sie mit ins Hotel nimmt und an ihnen riecht. Aber eigentlich sind das nur Bewerbungen, um mit ihm auf das Hotelzimmer gehen zu dürfen.

S: Wow, das ist sehr geil. Kannst du seinen Schwanz berühren?

M: Ja, aber nur viel zu kurz. Er ist hart und groß. Neben mir ziehen sich schon die ersten Groupies ganz aus. Sie tragen nur noch die Strumpfhosen, weil sie wissen, dass der Star auf Nylon steht. Das hat er schon ganz oft in Interviews mitgeteilt. Die Frauen, die ihn begleiten oder in den Musikvideos tanzen, tragen auch immer Nylon an den Beinen.

S: Sehr geil. Und wie geht es weiter?

M: Das Konzert ist dann zu Ende. Alle Zuschauer gehen, nur etwa dreißig Groupies bleiben vor der Bühne stehen und warten. Ich sehe mich um, sie haben sich die Blusen und Röcke wieder angezogen. Dann kommt ein Organisator und holt uns ab. Dreißig Mädchen und Frauen folgen ihm in einen Nebenraum.

S: Spannend. Und was jetzt?

M: Der Organisator sagt, dass jedes Mädchen, das seinen Schwanz in den Mund nimmt und ihn eine Minute bläst, mit zu dem Star ins Hotel darf.

S: Oh, und du machst es?

M: Susi, na klar. Ich mache alles, was man von mir verlangt. Ich bin total unterwürfig in diesem Traum. Ich bin die Erste, die seinen Schwanz in den Mund nimmt.

S: Und die anderen?

M: Alle wollen es tun, sie lassen sich auch von ihm anfassen. Als die ersten Zehn an ihm geleckt haben, kommt er plötzlich zum Orgasmus und spritzt der Letzten alles in ihren Mund. Sie schluckt sein Sperma. So unterwürfig sind alle Frauen da. Ich hätte es auch gemacht. Hauptsache, ich darf ganz nah zu meinem angebeteten Star. Am liebsten ganz nackt. Ich würde ihn alles mit mir machen lassen. Egal, was er will.

S: Du kleines, geiles Groupie-Mädchen (lacht). Du machst mich auch ganz heiß! Und was passiert dann?

M: Nur die zehn bis zu seinem Abspritzen dürfen mit. Die anderen schickt er nach Hause. Wir werden mit einer weißen Stretch-Limousine ins Fünf-Sterne-Grand-Hotel gefahren. Durch den Lieferanteneingang fahren wir auf die oberste Etage. Dort werden wir in eine riesige, voll luxuriöse Suite gebracht. Sie hat sogar einen eigenen Wellness-Bereich. Alles ist in weiß und in Gold gehalten. Die Mädchen setzen sich auf die weißen Designersessel. In der Mitte des Raumes ist ein großer Whirl-Pool, in dem mein Star breitarmig und breitbeinig sitzt. Er ist ganz nackt und sein steifer Penis ragt aus dem Wasser heraus.

S: So geil.

M: Ich muss aber betonen, dass das nur ein Traum ist und in einigen Details überhaupt nicht logisch.

S: Sexträume sind nie logisch, Süße. Erzähl ruhig weiter. Du weißt, ich liebe es, zu sehen, wie feucht du zwischen den Schamlippen wirst, wenn du so etwas erzählst. Und deine Brustwarzen sind so steif. Das sieht man klar durch den dünnen Stoff. Ich bin auch total erregt von der Geschichte. Bitte, was passiert dann?

M: Ich ziehe mich aus bis auf die Strumpfhose und steige zu ihm ins Wasser. Ich stelle mich vor ihn und ein zweites Mädchen tut das Gleiche. Er greift mit jeweils einer Hand an die Beine von uns. Das Mädchen neben mir trägt eine weiße, sehr dünne Strumpfhose, die ganz durchsichtig im Wasser wird. Auch sie trägt keinen Slip drunter.

Es kommen immer mehr Mädchen zu uns ins Wasser. Einige setzen sich hinter ihm auf den Pool-Rand und streicheln seine Brust. Er küsst die anderen Mädchen abwechselnd. Alle zehn Mädchen sind um ihn herum. Aber ich bin ganz vorne und er streichelt meine Beine. Von den Füßen hoch, über die Knie. Ich kann es kaum erwarten, bis er meine Muschi berührt.

Ein Mädchen in schwarzen halterlosen Strümpfen streckt ihren Fuß von der Seite vor seinen Mund. Er beginnt, an dem Fuß zu lecken. Er nimmt ihre Zehen in den Mund.

Dann spüre ich plötzlich Hände von anderen Mädchen am meinen Po. Sie streicheln mich und drücken mich nach vorne, immer näher auf den Schoß von meinem Star. Meine Strumpfhose ist so weich und nass vom Wasser, dass sie mit seinem steifen Schwanz tief in mein geiles Muschi-Loch gedrückt wird. Alle Hände gleiten über meinen Körper, während ich sein großes hartes Glied in mich rein und raus gleiten lasse. Mein Muschi-Saft ist so viel, dass ich nicht mal merke, dass da die Strumpfhose noch zwischen ihm und mir ist.

S: Oh, Gott, Moni, das ist so geil. Wann kommst du denn?

M: Ja, du bist auch schon so erregt. Du würdest auch jetzt schon kommen, oder?

S: Oh, ja, wenn ich mir vorstelle, dass mich die Mädchen streicheln, und ich den harten zwischen meinen Schenkeln habe. Das ist super geil.

M: Ich brauche immer Sperma in

meinen Träumen. Er zieht sich aus mir und stellt sich auf. Die Mädchen um ihn herum massieren seinen Schwanz, während ich meinen Mund aufhalte.

Beim ersten Strahl seines weißen Safts auf meiner Zunge, komme ich. Jeden Tropfen seines geilen Safts schlucke ich begierig herunter, als wäre es das Letzte, was ich jemals wieder zu trinken bekäme.

Das ist so wahnsinnig geil. Ich komme an dieser Stelle, so intensiv, dass mir schwindelig wird und sich mein ganzer Körper aufwölbt. Meine Bauchmuskeln ziehen sich ruckartig zusammen und aus mir fließt es in Strömen. Wenn ich dann mit der Hand in meine Muschi greife, komme ich gleich nochmal und drei oder vier Finger gleiten spielend leicht in mein geiles, heißes und nasses Loch.

S: Oh, wie du das beschreibst. Ich bin allein von deiner Erzählung schon genauso nass. Wenn ich jetzt an mir rumspielen würde, könnte ich auch jeden Moment kommen. Super geiler Orgasmustraum. Fantastisch.

M: Ja, puh. Aber ich will auch einen Traum von dir hören. Geht es bei dir mehr um Tabus und Perversionen?

S: Ui, du meinst die Sache mit meinem Onkel und seinem Hund, der immer bei den Frauen unterm Rock leckt. Das ist mir echt peinlich, dass mich so was erregt. Aber die Gedanken sind halt frei. Ich stehe zum Glück nicht auf Tiere. Aber wenn in Tierfilmen gezeigt wird, wie die ficken, dann erregt mich das schon. Ich glaube, das ist die Natur.

M: (lacht) Ja, ja. Du bist schon eine ganz schön Geile. Hast du auch Träume von Untergebenheit, so Sado-Maso?

S: Oh, ja. Ich komme aber auch bei

Träumen, in denen ich Männern befehle, was sie tun sollen. Aber am geilsten finde ich es, wenn ein Mann mit mir macht, was er will.

M: Oh, ja. Erzähl mal. Bitte.

Das Fesselspiel

Susi: Wurdest du schon einmal gefesselt?

Moni: Meinst du beim Sex?

S: Nein, zum Beispiel beim Spielen, als du ein Kind warst.

M: Ja, beim Indianer spielen. Am Marterpfahl. Und du?

S: Ich hatte als Mädchen einen Jungen in der Nachbarschaft, mit dem ich sehr eng befreundet war. Er war drei Jahre älter als ich und hat ganz oft mit mir Fesseln gespielt.
Ich fand das toll.
Er hat es besonders gern als Spiel vorgeschlagen, wenn ich einen kurzen Rock trug und eine Strumpfhose. Und ich habe ihm immer vorgeschlagen, dass ich sein Entführungsopfer bin.

M: Womit hat er dich denn gefesselt? Und wo?

S: Er hatte eine Rolle Paket-Klebeband. Das war so fest, dass ich mich nicht mehr bewegen konnte. Aber ich vertraute ihm vollkommen. Ich liebte es, wenn er das mit mir spielte. Ich hab mir sogar extra oft einen kurzen Rock angezogen und manchmal sogar eine schwarze Strumpfhose, nur damit es glaubwürdig war, dass er einen Mann spielen konnte, der eine junge Frau von der Disco entführte.

M: Wie kommt man denn auf so eine Entführungsfantasie, schon in dem Alter?

S: Ganz einfach: Das ist meine Mutter schuld. Sie hat mir immer erzählt, dass sich ein Mädchen besser keine kurzen Röcke anzieht, wenn man tanzen geht. Und, dass man in Diskotheken auf seine

Getränke aufpassen muss, damit keine bösen Männer dort KO-Tropfen rein tun. Für mich hörte es sich so an, als wäre es fast selbstverständlich, in der Disco entführt und angegrapscht zu werden.

M: Oh, verstehe. Die Eltern wollen allerdings nur die Diskos mit solchen Geschichten schlecht machen, damit du da nicht heimlich hingehst.

S: Ja genau. Bei mir hat das eher erotische Träume geweckt. Und es war ja auch nur ein Spiel. Wir sind zu mir auf mein Zimmer gegangen. Zuerst haben wir dann nur leicht gerangelt und er hat mich auf mein Bett geworfen. Dann hat er sich mit seinem ganzen Gewicht auf mich draufgelegt und das Klebeband genommen. Alleine schon sein Gewicht auf mir und seine Hände an meinem Körper haben mich total scharf gemacht. Als er das zum ersten Mal machte, war es für mich einfach nur ein Spiel und ich genoss die Nähe zu diesem hübschen und sehr netten Jungen.

Dass es ein erotisches Spiel zwischen uns beiden ist, war mir beim ersten Mal gar nicht so klar.

Er hat mich am Anfang nur gekitzelt und das fand ich super witzig. Bis ich ihm vorgeschlagen habe, dass er mich fesseln könnte. Die Idee hat ihm sehr gefallen. Am Anfang hat er nur eine Kordel genommen, um meine Handgelenke miteinander zu fesseln. Doch schon beim nächsten Mal, als wir uns zu diesem Spielchen trafen, hatte er das breite, braune Klebeband dabei. Das hat er um meine Handgelenke geklebt, mit den Armen hinter dem Rücken. Das Klebeband tat etwas weh an der nackten Haut, deshalb fand ich es toll, dass er meine Füße über der Strumpfhose damit fesselte. Das war super. Ich lag auf der Seite und konnte mich nicht mehr bewegen. Mein Rock rutschte ganz hoch und er konnte mein Höschen sehen.

M: Geil. Sag mal, ist er nicht steif geworden dabei? Hat er dir denn auch unter den Rock gefasst? Oder an die Brüste?

S: Beim ersten Mal, hat er seine Erregung irgendwie gut versteckt. Es ist mir erst beim zweiten oder dritten Mal deutlich aufgefallen, dass seine Hose ganz eng gespannt war. Ich habe mehr seine Hände auf meinen Körper genossen. Er war ganz zärtlich zu mir und streichelte meine Beine, meinen Po und meinen Rücken und manchmal kam er ganz kurz auch an meine Brustwarzen oder meine Schamlippen. Das war ein unglaublich aufregendes Spiel. Ich wünschte insgeheim, dass er immer mehr und öfter an meine Brust und zwischen meine Schamlippen kommen würde.

M: Oh ja. Das kann ich mir so gut vorstellen. Diese Art von Gefangenschaft würde ich mir auch sehr wünschen.

Und hat er deinen Wunsch erfüllt und dich mit den Fingern an der Muschi angefasst?

S: Oh, Moni. Leider nicht so sehr, wie ich es mir ersehnt habe.

Leider ist etwas dazwischen gekommen. Wir hatten plötzlich Angst, dass meine Mutter ins Zimmer kommen könnte. Wir hörten sie durch die Eingangstür vom Einkaufen zurückkommen. Offenbar hat sie irgendetwas gesehen oder vermutet. Vielleicht hat sie gesehen, dass mein Freund einen Steifen unter der Hose hatte, als er aus meinem Zimmer kam, oder mein Rock war zu sehr zerknittert oder stand noch so hoch, dass sie auf meine Strumpfhose sehen konnte. Ich war ja auch ganz feucht geworden dabei.

Sie hat danach wohl mit seinen Eltern gesprochen und ihnen gesagt, dass er nicht mehr mit mir spielen darf. Und seit dem haben wir uns nur noch sehnsuchtsvoll zu gewunken, wenn wir uns vor der Tür begegneten.

M: Manno, das ist traurig. Hast du nie mehr was mit ihm gemacht?

S: Leider nein. Meine Mutter hat mich aber kurz danach zum Frauenarzt geschickt, damit ich mir die Pille verschreiben lasse. Sie hatte offenbar gedacht, da wäre schon mehr passiert. Wir sind dann auch noch, nicht viel später, umgezogen. Ich habe ihn nie mehr gesehen. Aber ich träume von dieser Sache immer wieder. Und in meinem Traum geht das Spiel viel weiter.

M: Mm. Geil. Was macht er denn mit dir?

S: Er streichelt mich am ganzen Körper. Nicht so zart wie damals, sondern härter. Er greift richtig an meinen Po. Zieht mir die Arschbacken auseinander.

Er reißt ein Loch in meine Strumpfhose.

In meinem Traum trage ich keinen Slip unter der Strumpfhose. Du weißt, das mache ich schon lange nicht mehr.

Er massiert die Innenseiten meiner Oberschenkel mit seinen langen Fingern und drückt seinen Daumen gegen mein Po-Loch. Das macht er mit seiner rechten stärkeren Hand. Mit seiner linken Hand greift er mir an meinen Mund. Ich habe die Augen geschlossen und öffne den Mund ganz weit. Er greift mit vier Fingern in ihn hinein und drückt sie gegen meine Zunge. Ich beginne, seine Finger zu lecken. Ich schlucke seine Finger und sauge an ihnen, als wäre es sein Schwanz. Gleichzeitig drückt er seine andere Hand zwischen meine tropfnasse Lustgrotte. Seinen Daumen drückt er immer tiefer in meinen Po. Ich liege mit dem Po zu ihm gewandt und Strecke ihn ihm entgegen. Meine Füße sind eng an den Fesseln verbunden, meine Hände übereinander auf dem Rücken zusammengebunden. Er lehnt sich über mich und ich spüre seinen steifen Schwanz in meinem Rücken. Ich sabbere aus dem Mund, als er seine Hände aus mir herauszieht, um mir die Augen mit einem schwarzen Seidentuch meiner Mutter zu verbinden.

M: Deiner Mutter?

S: Ja, meiner Mutter. Ich träume sogar, dass meine Mutter uns heimlich zusieht.

M: Wow, das ist scharf.

S: Ja, irgendwie macht mich das an, wenn ich mir es vorstelle. Sie hält sich ganz ruhig hinter der Tür und linst durch den Türspalt. Dabei reibt sie sich selbst unter dem Rock.

M: Deine Mutter trug damals auch

Röcke?

S: Ja, klar. Von ihr hab ich das doch mit den Feinstrumpfhosen. Sie trug fast immer welche. Mein Vater mochte das auch sehr, wenn seine Frauen, also sie und ich, welche anhatten.

M: Geil, bei mir Zuhause war das genauso. Bitte erzähl weiter. Was macht er noch in deinem Traum?

S: Nachdem er mir die Augen verbunden hat, holt er seinen harten, großen Schwanz aus der Hose und hält ihn mir vor den Mund. Ich rieche sein Sperma. Er greift in meinen Mund, um ihn für seine Eichel zu öffnen. Dann steckt er seinen Schwanz in mich hinein.

Ich beginne, zu lecken. Ich umspiele seine Eichel mit der Zungenspitze. Er stopft ihn bis zum Anschlag in meinen Mund, aber nie gewalttätig. Alles gefühlvoll und bedacht, um mich nicht zu verletzen. Ich spüre seine Liebe, ich vertraue ihm bedingungslos. Ich gebe mich ihm völlig hin.

Er streichelt mit den Händen über meine Brüste, er fummelt mir den Rock ganz hoch und massiert meinen Po durch das Nylon. Ich sauge und lecke an seinem prächtigen Schwanz. So lange, bis er in meinem Mund kommt. Er spritzt mir ganz große Mengen seines Safts in den Mund. Ich schlucke und schlucke und stöhne. In meinem Traum ist es unendlich viel. Viel mehr als man in Wirklichkeit von einem Mann erwarten kann.

M: Oh Gott, Susi, du machst mich so scharf. Ich bin schon ganz nass zwischen den Beinen. Du bist so geil. Kommst du zum Orgasmus, wenn er so viel Sperma in dich pumpt?

S: Nein, noch nicht, ich komme bei diesem Traum, wenn er danach seinen nassen und immer noch harten Schwanz in meine Muschi drückt.

Ich liege auf dem Bauch und er stößt seinen harten Prügel ganz schnell in mein nasses Loch.

M: Auch in den Arsch?

S: Ja, zuerst in die Muschi und wenn er ihn in meinen Po stopft, komme ich wie verrückt. Das ist die absolute Beherrschung. Er darf alles mit mir machen und meine Mutter guckt zu. Dieser Traum hat eine Orgasmus-Garantie. Kannst du das verstehen?

M: Ja, der Traum ist super erotisch. Vor allem, weil er vermischt ist mit deiner realen Erfahrung mit dem Nachbarsjungen. Der hat offenbar ganz große Sehnsüchte bei dir erzeugt.

S: Oh, ja. Ich wünschte, ich wäre noch mal so jung und unerfahren und er würde das noch einmal mit mir spielen.

Weißt du, wenn ich heute einem Mann das anbieten würde, wäre es nicht halb so geil. Für mich ist die Spannung, nicht zu wissen, was er oder ob er was macht, die größte erotische Komponente.

Wenn ich heute einem Mann sage: „Fessle mich und mach was du willst", dann ist doch klar, dass er mich sexuell bearbeiten wird.

M: Ja, verstehe. Da ist nichts mehr Verbotenes und völlig Neues mehr. Wir haben schon zu viele Erfahrungen. So richtig neu ist uns nichts mehr.

Aber der Gedanke, dass ich mich in Strumpfhose und Minikleid von einem gut aussehenden, durchtrainierten Schwimmer an den Händen und Füßen fesseln lasse, finde ich trotzdem sehr erregend. (Lacht)

S: Ja, das stimmt. Aber ich wüsste im Moment nicht, wem ich so großes Vertrauen schenken würde. Ich finde, das kann man nur mit einem sehr guten Freund machen oder mit seinem Partner.

M: Oder mit mir? Wenn ich dich fessle und dann massiere, wäre das auch geil für dich?

S: Hm, Moni, ich liebe dich wirklich, aber dir fehlt irgendwie der harte, pochende Schwanz, der sich aufrichtet, während du mich fesselst. Nicht traurig sein, ich mag es, wenn du mich leckst, ganz ohne Fessel. Das ist so entspannend und schön.

M: Nein, kein Problem, Susi. Ich sehe das genauso. Dein Traum lebt von der Erotik, dass ein Mann sich nimmt, was er will und es muss irgendwie noch verboten sein. Das ist ultra geil. Ich habe auch so ein Erlebnis zu bieten.

S: Auch aus deiner Kindheit?

M: Nein, das ist gar nicht so lange her. Aber du darfst es Kevin nicht erzählen.

S: Deinem Ex? Warum sollte ich? Hast du ihn etwa betrogen?

M: Kann man so nennen. (Lacht) Es war auf jeden Fall eine heiße Affäre der besonderen Art. Aber er hat nie etwas davon erfahren. Obwohl er es eigentlich bemerkt haben müsste. Aber genau das war der Kitzel dabei.

S: Wie jetzt? Das verstehe ich nicht.

Die Balkonaffäre

Moni: Okay, ich erzähl es dir genauer: Ich hab doch mit Kevin in seiner Wohnung gelebt. Zumindest ein paar Monate. Du hast uns doch auch öfter besucht.

Susi: Klar. Und in der Zeit hast du eine erotische Affäre gehabt? Ich werd verrückt! Warum hast du mir nichts davon erzählt?

M: Ach, Susi. Ich wollte die Beziehung zu Kevin nicht riskieren. Das Ganze war einfach nur zu spannend. Es ist nicht umsonst ein Orgasmustraum für mich geworden. Du weißt doch, Verbotenes und Geheimes macht uns Mädels am meisten an. Hast du noch nie einen Freund betrogen?

S: (lacht) Manno, kein Kommentar. Also gut, leg los. Das ist total spannend.

Wer war der Glückliche?

M: Erinnerst du dich daran, dass die Wohnung einen Balkon mit der Nachbarwohnung teilte?

S: Ja, aber der Nachbar war doch schon so um die Fünfzig und der rauchte da immer.

M: Ja, genau, er hieß Jörg. Ein sehr gut durchtrainierter und überaus elegant gekleideter Banker. Ihm gehörten im Übrigen beide Wohnungen. Kevin war sein Mieter.

S: Nein! Mit dem alten Sack hattest du eine Affäre?

M: Ja. Und die war so richtig geil, weil sie sich ganz langsam entwickelte. Du weißt ja, dass Kevin und ich nicht rauchen. Und deshalb ist Kevin auch nie auf den Gedanken gekommen, sich mit mir auf den Balkon zu setzen, wenn sein Vermieter da auch saß.

S: Aber du hattest nichts gegen das Rauchen?

M: Nein, ich bin da viel lockerer, weißt du doch. Jörg war so nett zu mir. Er hat mir immer Komplimente gemacht. Während Kevin immer nur vor seinem blöden Computer saß und seine Shooter-Games zockte. Das hat mich echt genervt.

S: Und ihr habt es auf dem Balkon miteinander getrieben?

M: Nein. Viele Tage haben wir uns nur unterhalten. Aber seine Komplimente, wenn ich mit kurzem Kleid und Strumpfhose draußen saß, wurden immer heißer. Irgendwann zog ich mir sogar extra Strumpfhosen an, damit ich ihn unter meinen Rock und auf meine Füße starren lassen konnte. Er tat es und machte mir im gleichen Atemzug immer wieder Offerten.

S: Offerten?

M: Ja, ob er meine Beine streicheln oder massieren dürfte. Es war total geil. Vor allem beeindruckte mich sein Mut, mich so unverblümt erotisch anzumachen. Er machte immer den Eindruck auf mich, als wüsste er ganz genau, dass er mich irgendwann flach legen könnte.
Ihm war es völlig egal, dass mein Freund keinen Meter von mir entfernt, nur durch eine Mauer von uns getrennt, saß und jeden Moment raus auf den Balkon kommen konnte. Ihm schien es nichts auszumachen. Er hatte überhaupt keine Angst vor der Konfrontation mit ihm. Das hat mich ungemein angetörnt.
Ich habe ihm immer mehr erlaubt. Zu-

erst habe ich ihn unter meinen Rock gucken lassen, wenn wir gegenüber saßen. Dann hat er meine Füße gestreichelt. Er bekam einen Steifen unter der Hose und ihm war bewusst, dass ich es sehen konnte. Er streckte ihn mir sogar entgegen.

Später habe ich mit meinen Nylonfüßen sogar seinen steifen Penis über der Hose massiert.

Wir wussten, irgendwann würden wir es nicht mehr aushalten und im Bett landen.

S: Und Kevin hat euch nie erwischt?

M: Nicht wirklich. Er ist zwar schon mal raus gekommen, um nach mir zu sehen. Aber er hat nicht einmal bemerkt, dass ich meine Füße unter dem Tisch zwischen den Beinen von Jörg hatte.

Einmal hat Jörg sogar noch während er mit Kevin ein paar Worte wechselte meine Füße unter dem Tisch gestreichelt.

Und das hat mich so geil gemacht, dass wir uns direkt, nachdem Kevin wieder vor seinem Computer in der Wohnung verschwunden war, geküsst haben.

Wir saßen dann öfter direkt nebeneinander. Jörg fummelte zwischen meinen Beinen und drückte seine Finger durch die Strumpfhose in mich hinein und ich massierte seinen Schwanz mit meinen Händen über seiner Hose.

S: Wahnsinn! Du machst mich sprachlos. Ihr habt euch gegenseitig gewichst, während dein Freund nicht einen Meter entfernt in der Wohnung vorm Computer saß?

M: Ja. Er war immer so vertieft in seine Spiele.

Ich glaube, wir hätten direkt vor seinem Fenster ficken können, er hätte es nicht mit bekommen.

S: (Lacht) Ja, Hammer. Oh, Mann.

Deshalb warst du in der Zeit immer so befriedigt. Ich hatte gedacht, dass Kevin dich so unglaublich glücklich machte. Du warst irgendwie nie not-geil oder wolltest andere Kerle kennenlernen.

M: Ja, in der Zeit, kurz bevor ich ausgezogen bin, hatte ich jeden Tag Sex mit Jörg.

S: Auf dem Balkon?

M: Nein, ich bin dann kurz zu ihm ins Wohnzimmer. Er hat mir die Strumpfhose runtergezogen und mich von hinten gefickt, bis wir beide kamen.
Aber das Geilste war, dass ich ihn öfter auf dem Balkon geblasen habe. Ich habe seinen Schwanz minutenlang geleckt, bis er gekommen ist. Dann habe ich alles geschluckt.

S: Oh mein Gott, Moni, du Bitch!

M: (Lacht) Ja, aber es war so geil. Einmal hatte ich sogar noch Sperma im Mund, als Kevin aus der Tür auf den Balkon kam. Er küsste mich als ich noch nicht alles runtergeschluckt hatte. Und er fragte noch, was ich im Mund hätte (lacht). Ich hab nur auf mein Wasserglas gezeigt und schnell noch runtergeschluckt. Wenn Kevin mal genauer geguckt hätte, hätte er sehen müssen, dass sein Vermieter noch den Hosenschlitz offen stehen hatte.

S: (Lacht) Ich werd verrückt. Und davon träumst du manchmal noch?

M: Ja, dieses Geheimnis hat, außer dir jetzt, nie jemand erfahren.

S: Wow, ich werde es niemandem sagen. Du kannst mir vertrauen. Das weißt du doch. Wenn ich bedenke, was wir schon alles voneinander wissen. Und Jörg? Triffst du ihn etwa noch?

M: Ich würde gern. Es war so heiß und unverbindlich. Aber er hat leider eine neue Freundin, die er wahrscheinlich sogar heiraten will. Er ist aber auch viel zu alt für mich. Er ist so alt wie mein Vater. Aber diese Affäre machte mich echt an.

S: Ja, das ist wirklich heiß, wenn ich mir vorstelle, wie du mit hochgerutschtem Rock und durchsichtiger Strumpfhose neben ihm sitzt und dich an der Muschi streicheln lässt. Ei-ei-ei. Du kleines geiles Biest!

M: Ja, ich wünschte, ich würde ihn noch einmal sehen. Im Nachhinein war ich ziemlich verliebt in ihn. Ich habe Jörg häufiger den Schwanz geblasen als meinen Freund Kevin in der gleichen Zeit. Ich war sehr enttäuscht, als ich erfuhr, dass er heiraten möchte. Er hatte mir nie etwas von der neuen Frau erzählt.

S: Dann warst du nur seine Fick Affäre, oder?

M: Ja. Er hatte wohl auch geglaubt, dass ich zu jung bin für ihn. Aber er war so nett zu mir und wir haben uns so köstlich unterhalten, nicht nur sexuell. Wir waren auf einer Wellenlänge und hatten den gleichen Humor. Außerdem konnte er mir unglaublich viel erzählen, Seine ganze Lebenserfahrung. Das fand ich super spannend. Kevin konnte ihm nicht das Wasser reichen. In keinerlei Hinsicht. Vor allem nicht sexuell. Jörg war so zärtlich und so erfahren. Das war toll.

S: Sag mal, nach Kevin hattest du doch auch gar keinen neuen Freund mehr. Das fällt mir jetzt erst auf. Sag nicht, dass das an diesem Nachbar liegt.

M: Doch, wenn ich es mir recht überlege, denke ich sehr oft an Jörg. Aber egal. Jetzt bist du mit dem nächsten Traum dran. Hast du noch einen?

Der Bus

Susi: Oh, ja. Du weißt, meine Fantasie kennt keine Grenzen. Aber vieles dreht sich bei mir um Untergebenheit. So ähnlich, wie mit meinem Groupie-Traum. Hast du schon mal geträumt, von mehreren Männern gefickt zu werden?

Moni: Von mehr als zwei Männern?

S: Ja. Von viel mehr Männern.

M: Uh. Erzähl mal.

S: Ich trage nur einen ganz kurzen Faltenrock, darunter eine hautfarbene Strumpfhose, ohne Zwickel und ohne Slip drunter. Darüber habe ich eine Bluse ohne BH an. Ich bin wie ein Schulmädchen gekleidet. Dazu trage ich halbhohe schwarze Pumps.

In meinem Traum fahre ich in einem völlig überfüllten Bus. Neben ein paar anderen erwachsenen Schulmädchen stehen nur Männer in schwarzen Anzügen um mich herum. Es ist wohl eine Business-Messe, zu der sie alle fahren.

Sie stehen so nah an mir dran, dass ihre Körper gegen mich drücken. Ihre Arme hängen zwar ganz einfach herunter aber ihre Hände sind genau auf der Höhe meines Pos.

Plötzlich beginnt ein Mann, mit der Hand unter meinen Rock zu greifen und meine Po-Falten zu streicheln. Ich kann mich nicht rühren, weil es so eng ist. Meine Brüste werden vorne gegen einen anderen Mann gedrückt. Mein Bauch ist auf der Höhe seines deutlich zu spürenden Schwanzes.

Der Mann, der mich von hinten mit der Hand bekrabbelt, drückt mich gegen den Mann vor mir, gegen seine Hose. Ich spüre, dass er einen Steifen bekommt, weil er mir von vorne in den Ausschnitt meiner Bluse sehen kann und meine Nähe zu ihm genießt.

Der Bus rüttelt uns hin und her bei der Fahrt.

Meine Brustwarzen stellen sich auf und werden ganz hart. Zwischen meinen Schamlippen wird es immer feuchter.

Der Gedanke an die Hände des Mannes unter meinem Rock und der intensiven Streicheleinheiten an meinem Nylon-Po ist unglaublich antörnend für mich.

Der Mann hinter mir greift immer tiefer zwischen meine Beine, zwischen meine Po-Backen.

Ich genieße diese Enge. Ich werde von beiden Männern, wie im Sandwich, ganz fest zusammengedrückt.

Die Männer duften angenehm nach einem Mix von Aftershave und Männerschweiß. So riecht männliche Begierde.

Von der Seite greifen weitere Hände an meine Beine. Sie streicheln über das Nylon meiner dünnen Strumpfhose. Dann greift mir der Mann vor mir unter meine Arme und zieht mich leicht und sanft zu sich hoch. Ich schließe die Augen und fühle mich, als ob ich schwebe. Die anderen Männer heben mich an meinem Po mit an. Ich schlinge meine Beine um seine Hüfte, als würde er mich ficken wollen.

Und genau das will er.

Der Mann hinter mir greift an meine Strumpfhose und reißt mit den Fingernägeln ein Loch hinein. Ich trage ja keinen Slip drunter und der Mann hat freie Sicht auf meine kleine feuchte Muschi und mein Po-Loch.

Ich spüre ganz viele Hände, die an meine tropfnassen Schamlippen fassen. Zärtlich aber doch mit Kraft. Sie drängen ihre Finger zwischen sie in mein nasses Loch. Es ist so unglaublich geil.

Ein anderes Mädchen ist plötzlich unter mir und öffnet dem mich tragenden Mann den Hosenschlitz und befreit dessen harten und hoch stehenden Schwanz.

Das Mädchen nimmt den Schwanz

in den Mund und bläst ihn. Sie spuckt auf den Schwanz, damit er ganz feucht wird. Dann führt sie ihn mit ihren Händen an meine Muschi heran. Der lässt mich auf seinen Schwanz gleiten und er stößt ihn mir tief hinein. Er füllt mich ganz aus. Er ist breit und lang.

M: Susi, das ist wirklich geil. Das andere Mädchen hockt am Boden unter euch und schaut zu, wie er dich fickt?

S: Ja, genau. Doch es kommt noch geiler. Sie öffnet dem Mann hinter mir auch die Hose und bläst ihn solange, bis er zum Platzen steif ist.

M: Und dann fickt er dich von hinten in dein Arschloch? Gleichzeitig mit dem anderen, der dich trägt und in deine Muschi stößt? (Atmet erregt)

S: Ja, Moni, genau das träume ich. Ein Sandwich zwischen zwei Fremden im Bus. Während der Fahrt. Ich kann nichts tun. Ich bin gefangen zwischen ihnen und vollkommen ausgeliefert.

M: Oh, so geil. Und sag nicht, die anderen Männer wechseln sich noch ab.

S: Ich weiß, das ist total pervers, aber im Traum ist alles möglich. Manchmal komme ich schon, wenn der Mann von hinten in meinen Po stößt, aber manchmal träume ich auch noch weiter.
Dann wechseln sich die Männer von hinten ab. Sie ficken mich abwechselnd in meinen Po und entladen ihren Saft in mir. Einer nach dem anderen.
Das Mädchen unter uns am Boden bläst sie vorher steif und leckt auch an ihren Hoden, während sie mich ficken.
Sie leckt auch das Sperma weg, was herunterläuft.

M: Oh, Susi. Du bist so scharf. Im echten Leben undenkbar, aber der Traum ist so versaut geil.

S: Ja, irgendwie machen mich Business-Leute in ihren schicken Anzügen total an. Das war schon immer so. Die leichten Hosenstoffe ihrer Anzüge lassen auch immer so viel Platz für ihre steifen Schwänze. Die stehen dann richtig deutlich hervor.
In dem Bus haben alle einen harten und großen Penis in der Hose. Du weißt, was ich meine, wenn ich hart und groß sage. (lacht)

M: Ja, Susi. Das sind so richtig breite und lange Schwänze. Im Traum sollen die auch nicht klein sein. Große Schwänze sind einfach das Symbol für einen geilen und ausgefüllten Fick. Wir beide wissen, dass kleinere Penisse auch gut sein können. Aber so ein mächtiger Prügel, der zwischen den Schamlippen so richtig spannt, das ist es was wir Mädels manchmal dringend brauchen.

S: Oh, ja (stöhnt). So ist es. Richtig deftig, rein und raus, Stoß für Stoß gegen unsere Innenseite oder so richtig hart gegen den G-Punkt.

Oh Gott, bin ich jetzt erregt. Darf ich dich etwas streicheln? So unterm Rock?

M: Oh, ja, gern, Susi. Ich liebe es, wenn du mich streichelst. Streichelst du mich von den Füßen bis hoch zum Po über dem Nylon? Das Gefühl ist der Wahnsinn.

S: Aber klar, nichts lieber als das. Bitte erzähle mir noch einen Traum von dir dabei.

Bitte.

Der FKK-Urlaub

M: Aber klar doch.

Hm, ich liebe deine zärtlichen Hände an meinen Füßen.

Warst du eigentlich schon mal beim FKK?

S: Nein, das war ich nie. Du etwa?

M: Ja, ich bin als Kind jedes Jahr mit meinen Eltern zum FKK-Urlaub gefahren. Wir hatten sogar einen festen Wohnwagen auf einem FKK-Campingplatz direkt am Strand an der Ostsee.

S: Das ist ja heftig. Und da bist du immer nackt rumgelaufen, auch als kleines Mädchen?

M: Ja klar. Als Kind hat mir das nichts ausgemacht, nackt rumzulaufen. Erst als ich in die Pubertät kam und meine Brüste wuchsen, da war plötzlich alles anders.

S: Sag mal, die Männer sind dann auch immer alle nackt, oder?

M: Sicher. Die laufen da alle die ganze Zeit nackt rum. Beim Zähneputzen in den Waschbereichen, im Restaurant und in den Bars am Strand, auch abends bei Veranstaltungen. Die ganze Zeit.

S: Haben die Männer nicht auch manchmal eine Erregung?
Kann ich mir gar nicht vorstellen, dass die nie einen Steifen haben, bei den ganzen nackten Brüsten, Pos und Muschis um sie herum.

M: Ja, da sieht man eigentlich die Penisse in allen Formen und Größen.
Meine Mutter sagte immer: „Das ist alles ganz normal. Ein Penis ist einmal groß und ein Penis ist manchmal ganz klein. Genauso, wie die Brustwarzen

von uns Frauen mal flach, mal ganz groß sind. Und die Frauen werden halt feucht, das sieht man nicht so schnell, wie ein erigiertes Glied.

S: Oh, Mann. Das ist doch ein Eldorado für alle Männer, wenn da sogar die jungen Frauen ohne alles rum laufen.
Hattest du da schon Momente, dass Männer, wenn sie dich sahen, einen harten Penis hatten?

M: Ja, da gab es eigentlich jeden Tag welche. Die Nachbarn zum Beispiel, die kannte ich ja alle ganz genau. Ich wusste, wenn die Männer erregt waren oder nicht. Die greifen sich ja auch an die Penisse, wann sie wollen. Und wenn die das länger machten, dann wurde auch der Penis größer.
Ich habe oft erlebt, dass ein Mann sich mit mir unterhalten hat und dann gleichzeitig mit der Hand an seinem Penis gespielt hat und Schwups, war der

groß. Sie grinsten dabei dann immer so. Als ob ich es nicht gemerkt hätte, dass ich ein Sexobjekt für sie war.

Mein Vater meinte immer nur, ich solle mir keine Gedanken machen. Für die Männer wären nackte Frauen überhaupt nicht erregend. Ich müsste dann schon eine Strumpfhose tragen oder einen kurzen Rock, damit sie es geil finden.

Er selbst fand es erregend, wenn meine Mutter einen Stringtanga anzog, der ganz durchsichtig war. Dann stieg sein Penis manchmal sogar so richtig hoch und wurde richtig dick.

Das hat mich nicht so angemacht, weil es mein Vater war. Es gab aber auch ein Erlebnis, das mich zu einem richtigen Orgasmustraum geführt hat, den ich mir immer wieder gerne vorstelle.

S: Das ist spannend. Bitte erzähle.

M: Also, dazu muss ich ein wenig weiter ausholen.

Der Campingplatz lag direkt an einem eigenen Nacktbadestrand. Der lag hinter einer flachen Düne und war sehr schön, mit viel feinem hellen Sand und wenig störenden Sträuchern. Am Rand des Platzes begann aber auch ein etwas höherer Dünenbereich, der stärker bewachsen war.

Meine Mutter sagte immer, ich solle dort nicht hin, weil es dort Dornenbüsche gäbe, die zum Teil unter dem Sand noch Ausleger hätten, wo man sich die Füße ganz böse blutig reißen konnte, wenn man nicht super aufpassen würde. Das hat mich als kleines Mädchen tatsächlich davon abgehalten, dort hin zu gehen.

Meine Neugier wurde dadurch allerdings immer größer.

Es hatte mich immer gewundert, dass dort ein Schild mit der Aufschrift „Privatstrand" stand und nicht „Vorsicht Dornen". Vor allem gingen dort ganz viele Erwachsene hin.

Auch meine Eltern gingen dort regelmäßig spazieren. Meist ab achtzehn Uhr abends.

Meinen Fragen, was da so ist, wichen sie immer nur mit „nix besonderes" aus. Aber immer kam der Hinweis mit den Dornen und dass sie sie beinahe wieder in einen Strauch gestolpert wären.

Ich glaubte das meinen Eltern sehr lange, bis ich älter wurde und mich ein Junge mal fragte, ob ich mit ihm dorthin gehen würde. Als ich ihm von den Dornen erzählte, lachte er mich nur aus. Er war schon älter als ich.

Aber ab dem folgenden Jahr, das war, als ich meine Tage zum ersten Mal bekam, wollte ich nie mehr mit zum FKK-Urlaub. Ich hatte Angst, die Leute hätten gesehen, dass ich blute an den Tagen.

Zum Glück konnte ich bei meiner Oma bleiben, wenn meine Eltern wieder ihre zwei Wochen FKK eingelegt hatten.

Im Alter zwischen dreizehn und sechszehn war es für mich undenkbar, nackt vor den Männern rum zu laufen oder mitzuerleben, wie mein Vater eine Erektion bekommt, wenn er meine Mutter küsst.

Als Mädchen war mir das nicht peinlich, aber als Heranwachsende war es echt grausam, allein daran zu denken.

S: Also, du warst nie mehr beim FKK und träumst jetzt davon?

M: Moment, abwarten, ich bin noch nicht fertig.
Ich war noch mal da.
Es war in dem Sommer, als ich mich frisch von meinem Freund Alex getrennt hatte. Ich fühlte mich echt schlecht, weil er mich mit einem anderen Mädchen betrogen hatte. Das war just zu dem Zeitpunkt, als meine Eltern mich erneut fragten, ob ich noch mal mit zum FKK kommen wollte.

Und in diesem Sommer war es mir plötzlich egal, ob die Männer mich anglotzen würden oder einen Steifen vor meinen Augen bekämen.

Ehrlich gesagt, ich war so wütend auf meinen Ex, dass es mir sogar sehr gut in den Kram gepasst hätte, wenn ich dort Sex mit einem Wildfremden haben würde. Oder am liebsten gleich mehreren Männern.

Und zum ersten Mal verstand ich, warum meine Mutter es so toll dort fand.

Sie fahren immer noch jedes Jahr dahin. Meine Mutter zeigt sich gerne nackt. Sie hat eine top Figur und ganz lange blonde Haare. Und mein Vater gibt gerne mit ihr an. Ihm hat es noch nie etwas ausgemacht, wenn andere seine Frau oder seine Tochter lange anstarrten. Auch wenn der Penis dabei groß wurde.

S: Oh lala, jetzt ahne ich, wo du deinen Hang zur Zeigefreudigkeit hast, Moni. Du bist ja auch kein Kind von Traurigkeit.

M: (lacht) Ja, das habe ich wohl geerbt. Aber es kommt noch viel heißer.

S: Hm, geil. Ich bin gespannt. Gingst du zum Privatstrand?

M: Nicht sofort. Es vergingen erst zwei Tage, an denen ich mich wieder an diese Nacktheit von allen gewöhnen musste. Ich machte aber auch den Fehler, mir zuerst ein Röckchen anzuziehen, um nicht ganz nackt rum zulaufen.

S: Fehler? Das darf man nicht da, oder?

M: Ja, eigentlich nicht, aber das war mir egal. Der Fehler war, dass das die Männer um uns herum noch viel geiler machte, als wenn ich, wie alle, ganz nackt rumgelaufen wäre. Alle Blicke klebten an mir und mein Vater sagte, ich sollte den Rock besser weglassen. Die Männer fänden das zu sexuell erregend. Als ich dann allein am Strand mit dem Röckchen saß, legte sich ein Typ vor mich und wichste sich den Penis ganz langsam. Dabei starrte er die ganze Zeit unter meinen Rock. Als ich ihm sagte, er solle das lassen, sagte er nur, „dann zieh dich nicht so sexy an!"

Am nächsten Tag ließ ich ihn weg und ich fiel tatsächlich nicht mehr auf.

Aber irgendwie fühlte ich mich einsam dort. Meine Eltern waren ständig unterwegs und ließen mich allein. Als ich sie fragte, wo sie denn abends hin gehen, sagten sie nur „spazieren". Sie wollten mir nichts sagen, weil sie ahnten, dass ich ihnen wohl jeden Moment auf die Schliche kommen könnte.

S: Auf die Schliche?

M: Ja. Sie sagten nichts mehr von Dornen am Privatstrand, weil sie wussten, dass es sich als Lüge herausstellen würde. Ich war zu alt, um mich weiter mit dieser Ausrede von dem Strandbereich fern zuhalten.

Und jetzt kommt es: Als meine Eltern weg waren, bin ich zum ersten Mal in die Düne hinter diesem Schild gegangen. Und was meinst du, habe ich dort gesehen?

S: Deine Eltern?

M: Oh Gott, nein, zum Glück nicht.
Ich brauchte nur wenige Meter zu gehen, da sah ich schon ein Pärchen vor einem Strauch liegen. Scheinbar sichtgeschützt. Aber auch nur von einer Seite.

Ich hockte mich hinter einen Strauch, so dass sie mich nicht sofort sehen konnten. Der Mann war etwa so alt wie mein Vater. Aber die Frau, die mit ihrem Kopf zwischen seinen Beinen war, war nicht viel älter als ich. Ich denke, vielleicht gerade 20 Jahre alt. Beide waren sehr schlank und durchtrainiert.

Sie hatte tolle lange Beine und ziemlich große Brüste.

Ich war total fasziniert, weil ich noch nie einem Paar beim Sex live zugeguckt hatte. Sie war sehr zärtlich zu ihm und leckte seine Eichel sehr intensiv. Sie nahm seinen Schwanz auch manchmal ganz tief in den Mund. Der Mann atmete ganz stark, so als würde er jeden Moment spritzen. Ich ging mehrfach mit dem Kopf etwas in Deckung, weil ich das Gefühl hatte, dass das Mädchen und er in meine Richtung schauten. Ich konnte nicht ahnen, dass sie mich ziemlich gut sehen konnten.

Ich war so aufgeregt, dass ich zuerst gar nicht gesehen habe, dass um dieses Pärchen herum verteilt in den Dünen Männer standen und saßen die ihnen zuschauten, genauso wie ich.

Die hatten sich aber nicht versteckt. Die zeigten sich ganz offen mit ihren Steifen.

Langsam begriff ich erst, dass das

Paar sogar mochte, dass die Männer so nah um sie herum standen und ihre Schwänze zeigten.

Fortan schaute ich nicht nur, was die Frau mit ihrem Mund machte, sondern auch was ein Mann schräg rechts vor mir mit einer Hand an seinen Penis tat.

Ich wurde bei dem Anblick der Geilheit der Beteiligten selbst ganz feucht zwischen den Beinen. Nur vom Zusehen.

Es war richtig geil. Und dann passierte etwas, was ich nie vergessen werde.

S: Hm (atmet schwer). Das ist so geil, Moni. Was denn?

M: Der Mann rechts vor mir, der sich dem Paar so klar mit seinem großen Schwanz zeigte, spritzte seinen Saft im hohen Bogen in die Richtung der Frau.

S: Wow, geil. Das sehe ich auch immer sehr gerne, wenn Männer abspritzen und das Sperma so weit fliegt.

M: Ja, aber das war noch nicht alles. Plötzlich spüre ich etwas Warmes gegen meinen Rücken prallen.

S: Gegen deinen Rücken? (Atmet) Du machst mich so geil.

M: Ja. Ich war so aufgeregt, dass ich überhaupt nicht gemerkt hatte, dass hinter mir auch ein Mann stand und mir die ganze Zeit auf meinen Po geglotzt hat. Ich hatte mich so hin gehockt und mich geduckt, dass mein Po nach oben stand und er auch aus nächster Nähe auf meine feuchten Schamlippen und mein Po-Loch gucken konnte.

Als er spritzte kam er ganz nah an mich heran und sein Saft spritzte nicht nur in meine Haare sondern auch auf meinen Rücken, mein Po-Loch und meine Muschi. Ich war ganz voll mit Sperma.

Ich war total erschrocken, drehte mich um und sah nur noch seinen großen Schwanz in meine Richtung zeigen.

Ich schaute dem Mann kurz in die Augen. Er grinste breit. Er wollte mich noch mit einer Hand festhalten, aber ich löste mich und lief weg.

Ich war aber auch so dumm: Ich hatte mich an den allerersten Strauch gehockt, der nach dem Schild kam. Während ich dort mit hochgestrecktem Po kniete und gespannt dem Treiben des Pärchens zuschaute, waren wohl mehrere Männer an mir vorbei gekommen. Ich lief an fünf Männern vorbei die alle mit steifem Penis hinter mir standen.

Da wurde mir klar, dass es nicht nur einer war, der auf mich ejakuliert hatte. Das waren mindestens zwei von ihnen.

Das war echt der Hammer.

S: Hat dich das erregt?

M: Oh doch, aber ich war zu

geschockt.

Jetzt erregt mich dieses Erlebnis total, aber damals war ich echt verwirrt.

S: Bist du noch mal hingegangen?

M: Nicht am nächsten Tag. Da habe ich erst einmal meine Mutter zur Rede gestellt.

S: Und? Was hat sie gesagt.

M: Sie hat sich, meiner Meinung nach, nur raus geredet. Sie sagte nichts darüber, dass sie dort vor anderen Leuten mit meinem Vater Sex haben würden.

Allerdings sagte sie, dass ich dort nicht hingehen sollte. Vor allem nicht alleine. Sie sagte, dass sie gerne dort spazieren geht und es auch sehr erotisch findet, wenn mein Vater mit ihr dort anderen zuguckt beim Sex.

S: Das hast du ihr aber nicht geglaubt,

oder?

M: Ich wusste nicht, was ich glauben sollte. Und deshalb bin ich gleich am nächsten Abend heimlich noch mal dorthin gegangen und habe nach meinen Eltern gesucht.

S: Hast du sie gefunden?

M: Nein, ich habe sie nicht gefunden. Ich bin bestimmt eine Stunde lang dort unterwegs gewesen und habe verschiedenen Paaren beim Sex zugesehen, aber meine Eltern habe ich nicht gefunden.
Es hat mich total aufgegeilt, den spannenden Männern zuzusehen, wie sie ihre dicken Schwänze rieben.
Wie sie mich anblickten und dann in dem Moment, wo sie sahen, dass ich auf ihren Penis glotzte, plötzlich abspritzen, das war super geil.

S: Aber, wo waren deine Eltern?

M: Sie haben mir am Abend erzählt, dass sie zuerst schwimmen waren und danach in einer Strandbar noch etwas getrunken haben.

Ob sie da jetzt Sex hatten oder nicht, ist mir eigentlich egal gewesen.

Und es ist auch ihre Sache.

Das geht mich nichts an.

Nach dem Abend habe ich es auf jeden Fall nicht mehr versucht, sie irgendwo zu erwischen.

Aber eins hatte ich in der Nacht darauf: diesen Orgasmus-Traum:

Ich träume, ich würde dem Pärchen mit dem älteren Mann und der ganz jungen Frau beim Sex zu gucken. Dabei habe ich meinen Po ganz hoch gestreckt. Hinter mir stehen die fünf Männer und wichsen. In meinem Traum spritzen die nicht nur auf meinen Po, sondern sie ficken mich. Einer nach dem anderen. Jeder Schwanz der in mich hinein stößt wird immer größer. Ich stöhne und schreie vor Lust.

Während mich die fünf Männer abwechselnd in den Mund, in mein Po-Loch und in meine feuchte Muschi stoßen, stehen weitere fünf Männer um uns herum und wichsen.

Ich komme zum Höhepunkt, als alle Männer mir ihr Sperma auf meine Brüste, auf meine Beine und mein Gesicht ejakulieren.

Es ist ganz, ganz viel.

Zwei Männer spritzen in meinen Mund und ich schlucke alles runter.

Leider habe ich es nicht in Wirklichkeit erlebt. Aber ich bin sicher, dass es auf diesem Campingplatz möglich wäre.

Aber irgendwie traue ich es mir nicht.

Aber die Gedanken, von bis zu zehn Männern gefickt und bespritzt zu werden, sind super geil.

S: Moni, Moni, du kleine Sau! Ja, Träume in diese Richtung sind völlig

okay. Ich finde diesen Traum auch unfassbar geil.
Vielleicht sollten wir beide einmal zu diesem Campingplatz fahren, oder?

M: Keine schlechte Idee. Aber ich finde Sex in schönen Dessous oder Strumpfhosen doch noch viel schöner, als diese sandige Umgebung.
Wenn das Ganze in einem Nobel Hotel wäre, mit Swimmingpool, und ich elegant gekleideten Männern in Strumpfhose und Cocktail-Kleid den Po entgegen strecken würde, das fände ich noch geiler.

S: Ja, das stimmt. Du bist wirklich mehr die Luxus-Maus. Ich auch.
Du, ich bin so heiß von unseren Träumen geworden. Ich würde dich gern zum Orgasmus lecken. Machen wir die 69er Stellung?

M: Oh, ja, gern Susi. Ich brauche

bestimmt nur wenige Sekunden, um zu kommen.

S: Oh, ja. Leck mich bitte auch an meinem Kitzler und streichle meinen Nylon-Po dabei. Hm. Wunderbar.

S und M: (1 Minute lecken und stöhnen sie, bis sie gemeinsam zum Orgasmus kommen.)

Ende.

Mehr Romane von Sandrine Jopaire als eBook, Buch oder Hörbuch finden Sie unter:

www.edelste-erotik.de

und

www.herpersverlag.de

Edelste-erotik.de

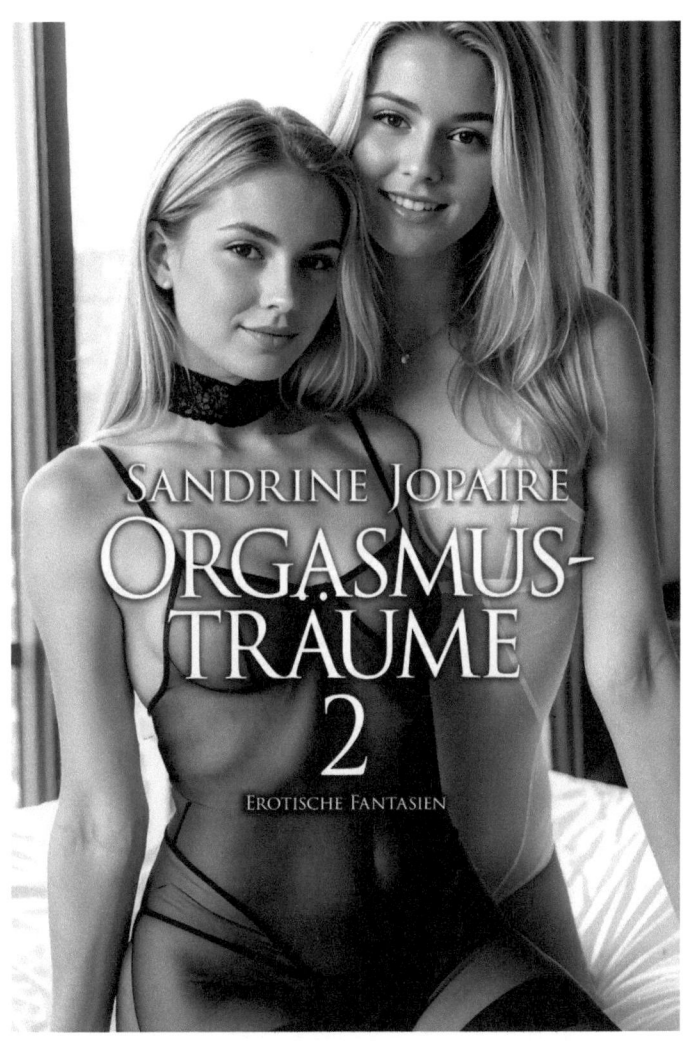

Nachfolgend finden Sie eine kleine Auswahl des großen Sortiments der Edition Edelster Erotik:

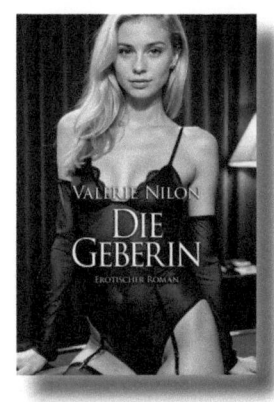

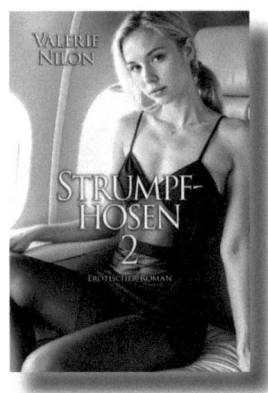